NIFLE ET RENIFLE

LES MANUSCRITS DE MADAME PATCHOULI

Illustration de couverture : **Emma Constant**
Graphisme de couverture : **Olivier Douzou**

www.lerouergue.com

dacodac

Aurélie Magnin

NIFLE ET RENIFLE
les manuscrits de madame Patchouli

Illustrations de Emma Constant

rouergue

La lecture à voix haute de ce tapuscrit
*en présence d'animaux de compagnie**
peut entraîner d'heureuses - et bizarroïdes - conséquences.

**Aucun test n'a été pratiqué à ce jour sur les animaux des forêts,*
insectes et autres poissons, mais des comportements
positivement patchoulesques ne peuvent être exclus.

1. les manuscrits volés

« Enquêter, c'est avant tout reconnaître un bon mystère quand on en croise un. »

Deviens une enquêtrice avec Génialigénialo, p. 12

– Volés ! Disparus ! s'exclame une vieille dame.

Son cri fait se dresser les oreilles de Nifle et ReNifle, les deux bassets de Joe.

Joe, c'est moi, enquêtrice en cheffe du bureau d'enquêteurs situé dans la cabane du jardin. La vieille dame qui vient de s'exclamer est l'une de mes clientes. Bon, d'accord : mon unique cliente. C'est la seule à avoir suivi les panneaux en carton depuis la création du cabinet. Peut-être parce que je n'ai pas mon bureau dans une haute tour de New York, ou peut-être parce que les gens n'aiment pas confier leurs secrets – ou leur vie – à une fille de huit ans et à deux chiens totalement inactifs.

Quand j'ai dit que les oreilles de Nifle et ReNifle s'étaient dressées, c'était une façon de parler, parce que des oreilles comme les leurs, ça ne se *dresse* pas vraiment. Disons que ça tressaute. Les bassets, vous connaissez ? Certains les appellent des « saucissons sur pattes » et ce n'est franchement pas très sympa. C'est assez *vrai*, mais pas très sympa. J'ajouterai que ces saucissons-là ont de très longues oreilles, mais il ne faut pas se moquer. Et qu'ils se marchent parfois sur leurs oreilles, mais là encore : défense de rire. Ou alors restez discrets, comme moi. D'autant que Nifle et ReNifle sont des enquêteurs hors pair. Ils n'ont jamais exercé, mais ils ont un fort potentiel : pour enquêter il faut être patient, et savoir être discret. Et là, franchement, un chiot qui court partout, ça ferait tache. Pas eux. Vous les repérez, là, par exemple ? Non : ils se fondent dans le décor.

Ce que je peux dire de ma cliente : elle n'y voit pas grand-chose. Elle est aussi très, mais très âgée, et porte toutes les nuances de violet du monde sur ses vêtements superposés. Elle habite la maison de retraite qui est à deux cents mètres de chez moi. Quand je lui ai proposé de s'asseoir, elle a contourné le fauteuil d'un air dégoûté et s'est installée à peu près confortablement dans une brouette, entre les râteaux, les pelles et les pots en terre cuite.

Difficile de savoir si la vieille dame a perdu la tête, mais elle enchaîne immédiatement :

– Une personne est entrée dans ma chambre et a volé mes manuscrits ! répète-t-elle.

– Des manuscrits ? Ils parlent de quoi ? je demande en prenant des notes dans un petit carnet noir comme une vraie professionnelle.

Si tu penses que les vrais pros ont laissé tomber depuis longtemps les petits carnets noirs contre des tablettes, sache une chose : je m'en fiche.

– Il s'agit d'un projet top secret, dit lentement la froufroutante en regardant autour d'elle d'un air méfiant comme si elle y voyait quelque chose. De la littérature canine : des livres pour chiens que j'ai écrits moi-même, ajoute-t-elle devant mes yeux ronds.

– Pour chiens ?

– C'est très sérieux ! Ces manuscrits ne doivent surtout pas tomber entre de mauvaises mains. Ça pourrait être… catastrophique !

– Catastrophique ? Mais les chiens ne savent pas lire, j'avance en levant un sourcil.

– Ce n'est pas eux qui les lisent, voyons ! Il faut leur lire ! Vous êtes sûre que vous avez fini vos études de commissaire ou d'investigatrice, ou de… Comment dites-vous ?

– Enquêtrice, je réponds avec aplomb. Oui, oui, je les ai finies avec succès.

Techniquement, c'est tout à fait vrai. Après trois heures intensives de lecture du magazine *Deviens une enquêtrice avec Génialigénialo*, j'ai brillamment coché les cases de l'examen et j'ai donc tout à fait légitimement pu découper mon « *Permis génialigénialissime* » d'enquêtrice spécialiste.

– Disons que grâce à mes livres, les chiens deviennent… très puissants, explique l'écrivaine pour chien, tout en entortillant ses nombreux châles autour de ses mains. J'ai découvert que certaines histoires les apaisent, d'autres leur font prendre confiance en eux. Et certaines histoires développent… disons…

des pouvoirs étonnants. Ils deviennent des hyper… des hyper…

– Ils deviennent des hyperchiens ? je tente.

– Exactement ! Il faut que vous retrouviez ces manuscrits. Une armée de chiens, des chiens-chirurgiens, cambrioleurs, magichiens, tout est possible ! Le bon comme le mauvais : c'est sans limite ! Vous rendez-vous compte, jeune fille ?

Non. Je regarde l'œil tombant de Nifle et le filet de bave qui s'écoule de la babine de ReNifle et me dis qu'il faudrait un peu plus qu'une histoire du soir pour que « tout soit possible » pour eux. Des livres qui donnent des superpouvoirs à des chiens ? Je n'y crois pas. Ma cliente farfelue a dû sentir qu'une enquêtrice comme moi n'est pas prête à croire sur parole des récits de fous car elle sort de son sac une liasse de papiers :

– C'est le seul qu'il me reste, je l'avais oublié au fond de mon sac à main… C'est l'*Histoire pour tutti ramolo et maxi espiono*, chuchote-t-elle avant de commencer à lire d'une voix tantôt caverneuse, tantôt haut perchée : *Ma… Woukaba… Os ! Os ! MiaWa… Poo… Cromi élazouille…*

Si je fermais les yeux, je pourrais avoir l'impression d'être dans un tipi avec une cheffe indienne très inspirée, mais je garde les yeux ouverts et ce que je vois, c'est bien une vieille dame toute bariolée, installée

dans ma brouette. Une vieille dame que des gens en blouse blanche sont sans doute en train de rechercher.

Je décide de sortir du cabanon pour aller vérifier dans la rue si les infirmiers ne sont pas déjà arrivés pour récupérer leur farfelue. Quand ReNifle me rejoint dehors, il y a comme un hic : il ne m'a pas suivie. Non, lui, il est passé à travers le mur du cabanon. Et je précise que le mur est toujours intact après son passage… ReNifle a toujours son bon vieil air de ReNifle (œil tombant et vivacité proche de zéro) mais ses yeux ont quelque chose d'étrange : ils brillent. Non, pas l'œil brillant du chien en bonne santé. L'œil qui brille comme un projecteur. Et on dirait qu'une image danse sur sa rétine… Quand ReNifle regarde le sol en dalle, un film animé est projeté par terre. Il me faut un peu de temps pour comprendre que ReNifle diffuse ce qui se passe à l'intérieur de la cabane. Il projette ce que voit Nifle : une vieille femme bariolée installée dans une brouette qui me montre du doigt en marmonnant :

– Vous me croyez, maintenant ? Vous allez m'aider, bon sang de bois ?

– Vous avez une piste ? je demande à la projection.

– Si j'ai une piste ?

2. la rue des Deux-Écoles (comme si une, ça ne suffisait pas)

Pat avait bien une piste. Pat, c'est le petit nom que j'ai donné à madame Patchouli, ma cliente.

Hier, quand je suis rentrée dans le cabanon, elle m'a expliqué qui elle soupçonnait du vol. Son histoire se tient. Aujourd'hui, après l'école, je vais mener ma petite enquête auprès du suspect numéro 1.

Nom et prénom : Despresses Jules

Profession : éditeur

Adresse : 13, rue des Deux-Écoles

Je le connais un peu, monsieur Despresses, car il édite nos manuels scolaires et qu'il est venu un jour présenter son métier à ma classe. Il n'a pas l'air d'un voleur de manuscrits, mais c'est sans doute une ruse qu'il utilise. En même temps, quand on édite des livres destinés à faire travailler les enfants, on a déjà un pied dans la délinquance. Et la rue, je la connais bien, parce qu'une des « deux-écoles » de la rue, c'est la mienne. Je n'ai donc que quelques pas à faire pour sonner à la porte de son bureau, et tenter de boucler mon enquête en quelques questions bien choisies.

Je suis tout à fait préparée à toutes les « réactions de vilains menteurs » listées dans mon guide de survie pour enquêtrice junior :

1/ Nier

2/ Nier

3/ Nier

Note à moi-même : *Et les innocents, ils ne nient pas ?*

– Madame Patchouli ? Bien sûr que ce nom me dit quelque chose ! répond monsieur Despresses à ma première question.

On dirait que ça démarre mal pour lui : il est assez nul comme vilain menteur s'il ne prend même pas la peine de nier.

– Nous avions rendez-vous mais elle n'est jamais venue. C'était pour… explique-t-il en cherchant dans une pile de papiers. Oui, voilà : un manuel de relaxation pour les chiens, précise-t-il en sortant une lettre de la pile. De la « littérature canine », comme elle nous l'avait si joliment présenté. Nous étions intéressés par cet ouvrage. Nous étions même enthousiasmés. J'avoue qu'au début je n'y croyais pas, mais j'ai lu à mon chien l'*Histoire du soir sur la tolérance*. Mon chien ne pouvait pas supporter la vue d'un chat. Je crois que la seule pensée d'un chat – sans qu'il soit entre deux tranches de pain – lui était insupportable. Et maintenant ! Maintenant, regardez ça ! me dit-il en me tendant une photo d'un chien et d'un chat endormis dans le même panier. Nous sommes toujours intéressés par ses manuscrits. Vous le lui direz, n'est-ce pas ?

– Vous permettez que je vous prenne en photo ? je demande, avant de rejoindre en courant Pat à la maison de retraite.

Note à moi-même : *Si un jour j'ai besoin d'acclamations, si j'ai besoin de me sentir le centre du monde, je sais désormais où aller : dans une maison de retraite.*

Un enfant, c'est un peu comme la fève dans leur galette : toutes les personnes âgées veulent l'attraper.

– Oh, qu'elle est mignonne ! a dit une vieille dame.

– Oh, comment tu t'appelles ? j'ai entendu de tous les côtés.

– Elle est à qui ? a demandé un monsieur qui était arrivé « en courant » avec son déambulateur.

Leur point commun (en dehors du fait qu'ils sont tous vieux) : ils ont tous un petit air de Yoda.

– Basta, basta ! C'est mon enquêtrice ! a rouspété Pat en écartant les mamies et en bousculant le monsieur-déambulateur.

– Mais c'est une gamine ! s'est écriée une gentille vieille dame en sortant un bonbon centenaire du fond de sa poche.

– Une gamine ? Mets tes lorgnons, Annette !

Pat m'a donc emmenée dans sa chambre qu'elle a décorée d'une quantité de cadres photos représentant des chiens. Il y a des peintures aussi, toujours des chiens mais habillés, certains avec monocle ou chapeau, nœud papillon ou bonnet de père Noël. Il y a aussi des petits meubles sur lesquels des chiens en porcelaine se tiennent assis, debout ou couchés, tous en train de nous toiser alors que je lui résume mon interrogatoire :

– Il dit que vous n'êtes jamais venue…

– Si, j'y suis allée ! Il ment ! clame Pat.

– Vous avez vu cet homme ? je lui demande en lui montrant la photo de monsieur Despresses.

– Non, jamais rencontré. Et… ce n'est pas non plus son bureau.

– Pat… Mais où êtes-vous donc allée ?

3. une minuscule erreur

Pat et moi, nous sommes loin des rues que je connais. L'ambiance est très différente : sombre, sale. Même le métro ne met pas les pieds dans cette partie de la ville. Pareil pour le soleil.

– On y est ! lance soudain Pat. 13, rue des Deux-Écoles.

– Rue des Deux-Escrocs, je lis sur un panneau.

– C'est presque pareil…, commente Pat.

Sauf qu'il n'y a aucune maison d'édition par ici, mais des escaliers qui mènent à ce qui semble être un entrepôt crasseux. Pat me désigne la porte qu'elle a franchie la première fois qu'elle est venue. Elle est ouverte et on peut y lire « BUREAU ».

– Je ne peux pas débarquer comme ça, il faut étudier les alentours, je dis.

C'est ce que mon manuel d'enquêtrice appelle « étude de voisinage ». Nous décidons donc d'aller prendre un chocolat chaud dans un café tout proche :

– Ça vous fera trente-huit francs, grogne le cafetier.

– Pour deux chocolats chauds ?! je m'exclame.

– Vous savez où vous êtes, là ? On ne pouvait pas être plus clairs...

Pas faux : dans la rue des Deux-Escrocs, nous avons choisi le café *Prix des Voleurs*. Mieux vaut payer, et filer d'ici... On dirait qu'on a trouvé le premier escroc de la rue, et le second, je suis prête à parier que je le trouverai au numéro 13, au bas des marches qu'a empruntées Pat quelques jours plus tôt pour proposer son manuscrit de littérature canine.

La première fois que Pat est venue à cette – mauvaise – adresse, elle a entendu deux hommes discuter.

– Qu'est-ce qu'ils se disaient ? je demande à ma cliente.

– Je croyais qu'ils parlaient d'un roman policier. Ils disaient qu'il fallait revoir tout le projet. Que ça ne tenait pas debout, qu'il fallait que quelqu'un soit déjà à l'intérieur… Je ne comprenais pas tout… Alors j'ai toussoté pour qu'ils remarquent ma présence, et au début celui que j'ai pris pour l'éditeur a failli être grossier, mais je lui ai rappelé notre rendez-vous. Il semblait toujours de mauvaise humeur alors j'ai décidé de lui faire une petite démonstration, comme pour toi. Une petite démonstration vaut mieux que mille mots. Il avait justement un chien : un adorable doberman. Quand ses yeux se sont éclairés, je ne te raconte pas comme ils étaient plus réceptifs ! Mais je leur ai dit : je ne vendrai pas ces manuscrits-là ! Ils ne sont pas à mettre entre toutes les mains ! Je ne vendrai que les manuscrits de détente canine, et de confiance en soi. L'histoire du soir pour chien sans histoires, et celle anti-ronflement spécial bouledogue également. L'histoire anti-flatulence à la rigueur…

– Et qu'est-ce qu'ils ont répondu ?

– Ils m'ont gentiment raccompagnée jusqu'à la maison de retraite, et même jusqu'à ma chambre, et ils m'ont dit qu'ils

me recontacteraient pour les contrats. Mais le jour suivant, alors que toute la maison de retraite était réunie dans la grande salle à manger, quelqu'un est entré dans ma

chambre et a volé mes manuscrits ! Quand j'ai appelé la maison d'édition, ils m'ont dit que je ne m'étais jamais présentée au rendez-vous. Alors je suis revenue ici et les deux hommes m'ont mise à la porte en me traitant de folle !

Après cela, je décide de descendre moi aussi les escaliers qui mènent au numéro 13. La porte du bureau est toujours ouverte et j'espère en apprendre un peu plus sur ce qui se passe ici. Des plans sont étalés sur une grande table de travail. Il s'agit de plans de grands immeubles.

– Qu'est-ce que tu fais ici ? aboie alors une voix derrière moi.

– Mon ballon est tombé dans les escaliers. Il a dû rouler, sous un meuble, j'affirme sans me laisser démonter (professionnalisme).

L'homme ressemble à un nageur en colère. Ses cheveux sont plaqués contre son crâne par la transpiration. Il porte des lunettes beaucoup trop grandes pour sa tête. L'homme claque des doigts et un chien noir au long museau, grognant – *Robi* selon la belle médaille brillante qui pend à son cou –, arrive par une autre porte. Autant dire qu'il ne m'aide pas à chercher mon ballon imaginaire. Je déguerpis avec les idées assez claires : cet homme cache quelque chose et ça ne sert à rien de revenir ici toute seule. Non, ce qu'il me faut, c'est l'aide de mes associés Nifle et ReNifle.

4. Joe se sacrifie

« Enquêter, c'est aussi savoir convaincre. Si vous vous faites prendre en plein farfouillage ou si vous êtes obligée de dire une presque-vérité, il faut pouvoir s'en tirer honorablement. »

Deviens une enquêtrice avec Génialigénialo, p. 16

L'affaire est sérieuse. Il nous faut un *modus operandi* (mots de pros pour dire : il faut un plan).

« PoP ! Popopop ! PopoP ! »

Ne te laisse pas déconcentrer par le pop-corn qui explose dans mon micro-ondes. Et ne crois pas que je sois en mode « loisirs ». Non : le pop-corn fait partie intégrante du plan. Parce que Nifle et ReNifle ont beau être des hyperchiens qui peuvent espionner et projeter ce qui se passe à des mètres, peut-être des kilomètres de moi, si je ne leur apprends pas à fixer ce que je veux, ça ne marchera pas. C'est donc pour des raisons purement professionnelles que j'ai demandé à Nifle de regarder le film de ce soir incognito pendant que ReNifle le projettera sur le mur de ma chambre. Le pop-corn, c'est juste pour avoir la force de rester éveillée. Je n'y prendrai aucun plaisir.

– Je te félicite, Joe, de ne pas avoir insisté pour regarder *L'Inspectrice Piôme* ce soir. Tu pourras le voir samedi, promis !

Cette femme qui me félicite, c'est ma mère.

– Samedi, super, je réponds.

Oui, c'est un pur hasard, mais ce soir mes parents regardent LE film que je ne voulais pas manquer. Mais ne mélangeons pas tout, ne crois pas que ce soit pour ça que je vais le visionner depuis ma chambre. C'est uniquement pour peaufiner notre plan, par souci d'organisation. Dis, je suis crédible ou pas ?

Je vais mener cette enquête même si pour cela je dois manger du pop-corn, veiller tard et regarder le film de mon héroïne préférée. Je ne reculerai devant rien !

5. de mal en pire

Notre essai a été à peu près réussi. À moitié en vérité. La moitié du bas. Oui, parce que les yeux de ReNifle, comme projecteurs, ils ne sont pas optimaux. Vous avez déjà vu des yeux de bassets ? Ben, c'est un peu comme s'ils étaient liquides tellement ils tombent alors disons que j'ai surtout vu les jambes des acteurs, mais pour notre enquête, ça devrait être mieux que rien. C'est ce que je m'apprête à dire quand j'entre dans la chambre de Pat :

– L'essai a été assez…, je commence.

Sauf que Pat fixe son écran de télévision et monte le son :

– « Les voleurs auraient dû marcher au plafond ! » affirme un homme devant la vitrine d'une bijouterie.

Je comprends vite qu'il s'agit du responsable de la sécurité de la bijouterie (bon d'accord : c'est noté au bas de l'écran, ça aide).

Alors qu'elle continue à fixer l'écran, Pat pointe du doigt des journaux sur une petite table à côté d'elle. Je lis les gros titres : « Vol du siècle à la bijouterie Mille Éclats ».

– Des empreintes ont pu être prélevées sur place, je lis l'article. Selon les experts de la police scientifique, le code aurait été composé par… une truffe après que le voleur a réussi à marcher au plafond ! Les échantillons ont été envoyés à un autre laboratoire qui a pu confirmer que l'empreinte provenait effectivement d'une truffe.

– Oh les… oh les… sagouins ! Ils ont osé ! s'écrie Pat en éteignant sa télé. Ils ont utilisé le *reverso mundus* !

– Le quoi ?

– L'histoire du soir pour voir le monde à l'envers !

– Vous voulez dire que ce sont les voleurs de manuscrits qui ont cambriolé la bijouterie ?

– Qui d'autre aurait pu marcher au plafond ? Ils ont utilisé un ou plusieurs chiens, ces bandits ! Ils vont donc toutes les exploiter, toutes mes histoires…

– Il y a autre chose ? Qu'est-ce qu'ils peuvent encore faire ?

– Ma petite, qu'est-ce que vous ne comprenez pas dans « tout est possible » ?

– Oh… mais c'est…, je cherche mes mots.

– Catastrophique !

6. enquête sur le terrain

Le jour suivant, avec Nifle et ReNifle, je suis de retour dans la rue des Deux-Escrocs où même le soleil ne s'aventure pas. Le problème désormais, ce n'est pas que Nifle entre dans le bureau – la porte est toujours ouverte – mais c'est surtout que Robi le doberman y soit. Nifle passe inaperçu, mais Robi a une truffe : il le sentira (d'autant que Nifle, si tu lui fais prendre un bain, il se jette sur la première bouse venue pour se reparfumer, alors tu vois le problème). Heureusement pour nous, j'aperçois Robi plus loin dans la rue en train de faire voler derrière lui un adolescent accroché au bout de sa laisse :

– Fais-le bien courir et ramène-le après sa promenade ! crie l'homme que j'ai rencontré quand j'avais « perdu mon ballon ».

Il transpire toujours autant de partout, ses lunettes glissent au bout de son nez.

Quand il rejoint son bureau, Nifle le suit comme une ombre. Aussitôt, les yeux de ReNifle s'enclenchent et je peux suivre la scène qui se déroule à l'intérieur :

L'homme transpirant en rejoint un autre, penché au-dessus de la table de travail. Ce dernier pointe du doigt quelque chose que je ne vois pas.

– Nous devrons donc arriver par là. La solution, c'est de voler. Nous n'aurions jamais rêvé pouvoir le faire, mais maintenant il n'y

a plus de limites. Nous serons à l'intérieur et Robi sera aux commandes.

– Vous avez fait des essais ? demande le transpirant.

– Un seul a suffi, Robi a été incroyable ! Nous a…

Soudain, le film disparaît. Le sol redevient noir : fin de la projection.

– ReNifle, ce n'est pas le moment de dormir ! Ouvre les yeux ! Tu vas ouvrir les yeux, oui ? j'enrage.

Le film reprend avec les deux hommes :

– Il faut que ce soit dimanche, à 14 heures exactement. Nous n'aurons pas deux fois une occasion pareille ! Merci qui ? Merci madame Patchouli !

Les deux hommes éclatent de rire. L'un d'eux tient une liasse de papiers dans une main. Il l'embrasse et la dépose dans un coffre qu'il ferme à clé.

– Où est passé Robi ? demande le complice du nageur, cherchant des yeux le doberman.

– Il est en promenade avec Jess. Tu as besoin de lui ?

Je fais le chant du rossignol – notre signal – et Nifle réussit à s'éclipser pour nous rejoindre, ReNifle et moi. Il vaudrait mieux que Nifle ne soit plus là quand Robi arrivera.

Bilan : la seule différence avec avant, c'est que maintenant on a la certitude que les manuscrits sont en de très mauvaises mains et que donc tout peut arriver. En gros, on n'a pas un début de piste pour éviter la catastrophe mais on sait qu'elle va arriver, et on sait même quand. C'est déjà mieux (en fait non, pas du tout, mais le côté positif c'est que comme enquêtrice je cartonne).

7. Joe comprend...

Il y a quelque chose de dingue. Je veux dire quelque chose qui me paraît encore plus *dingue* que le fait que les chiens puissent tout faire. Non, ce qui est dingue, c'est que même avec des chiens qui peuvent tout faire, on réussit encore à être piégé par des choses toutes bêtes. Des choses comme le sens des mots :

– Et tu dis que tu n'en sais pas davantage ? s'exclame Pat quand je lui raconte mot pour mot ce que j'ai entendu au 13 rue des Deux-Escrocs.

– Vous êtes donc sourde, jeune fille ? continue-t-elle. Ils ont prévu de *voler* !

– Ben, ce sont des voleurs, alors j'avais un peu prévu qu'ils volent. Ça nous laisse juste un millier de possibilités dimanche à 14 heures.

– Vous ne comprenez pas. Ils ne vont pas voler comme ça, dit-elle en fourrant des butins imaginaires dans ses poches, ils vont voler comme ça !

Et la voilà en train de battre des « ailes » en courant à travers sa chambre.

– Parce que les chiens peuvent… voler ?

– Piloter, oui ! Pourquoi ne le pourraient-ils pas ? Les chiens ont des mains, non ?

– Techniquement non, je bredouille.

– C'est ça votre problème : aucune imagination. Ma petite, qu'est-ce que vous ne comprenez pas dans…

– Oui, oui, j'ai compris maintenant ! Ils peuvent vraiment tout faire !

– Oui, et vous n'avez plus qu'à trouver une solution pour les empêcher d'agir dimanche à 14 heures !

Et voilà Pat qui repart en chantonnant ! Je n'ai « plus qu'à », comme si c'était facile. Je n'ai plus qu'à trouver le moyen de surveiller tout le ciel et de récupérer les manuscrits enfermés dans le coffre. Ça me paraît aussi simple que de changer la poussière en or.

8. la tour dans le ciel

J'ai peut-être trouvé un moyen (pas pour changer la poussière en or, ne rêve pas) !

Nous sommes dimanche, dit « Jour de la Catastrophe ». Heure : 13 h 55. Catastrophe prévue dans cinq minutes !

Comment nous sentons-nous, Pat, Nifle, ReNifle et moi ? Pat a à peine dormi de la nuit, car hier j'ai eu une idée – brillante ou non, nous le saurons dans quelques minutes – et que pour cela, le travail de Pat était indispensable. Les manuscrits ont peut-être été volés, mais la personne qui connaît toutes les formules pour changer les chiens en hyperchiens, c'est Pat après tout : si quelqu'un peut renverser la vapeur, c'est bien elle.

Alors que nous savons que cet après-midi, nos voleurs seront dans un engin volant, nous nous trouvons, Pat, mes associés et moi, dans un endroit très en hauteur nous aussi : dans la tour de contrôle des aiguilleurs du ciel. Les aiguilleurs du ciel, ce sont ceux qui donnent les autorisations de départ et d'arrivée aux avions, aux engins volants qui ont un plan de vol. Ils les suivent sur un écran, et communiquent par radio avec les pilotes. Ils font du « contrôle aérien ». C'est de là que nous espérons changer le cours des choses. Comment ? Pas le temps de t'expliquer car le moment de vérité, c'est maintenant :

– Il y a un problème ! s'exclame un aiguilleur. Nous avons donné le feu vert à un hélicoptère il y a quatre minutes mais il ne suit pas sa trajectoire.

– Où va-t-il ? je demande.

– Il est en vol stationnaire.

L'hélicoptère survole le quartier des banques : c'est certain, ce sont nos voleurs ! L'aiguilleur tente de communiquer avec l'hélicoptère, mais il ne répond pas. Tout ce que je souhaite, c'est qu'au moins ils aient laissé leur radio allumée et qu'ils nous entendent… Tout mon plan repose là-dessus.

– Regardez ! dit un autre membre de la surveillance du ciel en désignant un poste de télévision qui passe des informations en direct.

Là, sous nos yeux se déroule un vol (doublement) spectaculaire ! Nous ne savons pas ce qui est le plus impressionnant : est-ce de voir des coffres sortis par le toit d'une banque harnachés et remontés dans un hélicoptère par deux hommes ? Ou est-ce, lorsque la personne qui filme zoome au maximum, de s'apercevoir que le pilote semble bien être un doberman ? Les images archi-zoomées sont floues, mais Pat et moi ne nous y trompons

pas (Pat si en fait vu qu'elle n'y voit rien). La caméra filme les voitures de police qui arrivent en nombre au pied de l'immeuble, mais les voleurs n'ont plus qu'un coffre à remonter dans l'hélicoptère : les policiers arriveront trop tard.

– Pat, à vous, maintenant ! je lance.

Pat prend la place de l'aiguilleur du ciel et s'adresse au pilote de l'hélicoptère :

– *Poufata Moelleux… A la troussa fissa cromi woukaba… destra mista stopatata.. ob oba…*

– Ciel ! On n'aurait jamais dû les laisser entrer, je vous l'avais dit ! Elles sont folles ! j'entends derrière moi.

– Non ! je m'écrie (même si en ce qui concerne Pat je n'en suis pas si sûre). Attendez !

Nous suivons ce qui se passe à la fois sur l'écran de contrôle qui indique la position des avions et hélicoptères, ainsi qu'à la télévision : l'hélicoptère ne bouge pas d'un pouce.

– … *Woukaba ! Os ! Os ! Cornouille circoum ! Stopatata !*

« Allez ! Dépêchez-vous ! » je pense.

Les aiguilleurs s'approchent de Pat pour lui reprendre le micro quand l'hélicoptère reprend sa route. Il tourne sec et c'en est fini de la retransmission à la télévision. Nous observons désormais l'écran de contrôle.

– Où se dirige-t-il ? demande le chef des contrôleurs aériens.

Je n'ose plus respirer.

– Non, je n'y crois pas ! s'exclame un autre.

Malheureusement, le ton de sa voix est indéchiffrable et je ne comprends rien à l'écran de contrôle sur lequel le point représentant l'hélicoptère se déplace. Pat, de son côté, continue à parler sans relâche dans le micro, hyperconcentrée sur son baragouinage.

– Il faut avertir la police ! dit le chef.

« Oh non, je pense alors. Notre plan est sûrement en train de mal tourner ! »

– J'ai fait tout ce que je pouvais ! soupire Pat en lâchant le micro.

9. conséquences inattendues

Alors que je pars en mode déprime, sûre que mon plan a lamentablement échoué, que les voleurs vont disparaître avec les manuscrits de Pat et la fortune qu'ils viennent d'emporter pour aller vivre dans un pays lointain (et qu'en imaginant le pire la direction du magazine *Génialigénialo* va envoyer un membre de son personnel pour me reprendre mon certificat d'enquêtrice), le chef, toujours au téléphone avec la police, se met à glousser. Tout le bureau applaudit. On n'entend plus que des éclats de rire.

– Ouhou, joli !

– Comment avez-vous fait ça ? demande un homme à côté de moi.

On a réussi ? Ils ne pouvaient pas le dire plus tôt ?!

Oh, excuse, je n'avais pas eu le temps de t'expliquer mon plan alors le voici : puisque le doberman était capable de piloter un hélicoptère, et pour ça de suivre les instructions des contrôleurs aériens, il suffisait de lui dicter un nouvel itinéraire, un nouveau plan d'atterrissage pour être plus précise. J'ignore où les malfrats espéraient atterrir mais certainement pas là où nous avons dirigé leur engin :

– Sur l'héliport de la police ! C'est fort, ça ! Livrés à domicile, qui dit mieux ? s'esclaffe le chef des contrôleurs aériens.

Pat et moi, nous nous sommes aussi rendues au poste de police, pas en hélicoptère mais escortées par le chef qui n'était pas peu fier d'avoir pris le risque de nous faire

confiance. Les policiers ont commencé par entendre notre histoire de manuscrits avec de larges sourires, puis ils sont devenus très sérieux car ce n'est pas tous les jours qu'un doberman-pilote se pose sur leur héliport. Quand ils ont retrouvé les manuscrits – dans la soute de l'hélicoptère – ils les ont testés sur les chiens de la police. Le résultat a dû être assez impressionnant car ils nous ont annoncé d'un air solennel :

– Madame, mademoiselle, il faut que ces manuscrits demeurent absolument secrets ! Nous allons vous les rendre, mais pourriez-vous les…

– Garder sous clé, n'est-ce pas ? Avec le plus grand plaisir ! Je suis trop vieille pour renouveler ce genre d'aventure ! s'exclame Pat.

Le policier paraît légèrement déçu et la raison en est bien vite évidente :

– Mes collègues et moi, nous avions pensé… que peut-être… vous pourriez…

Et ce qu'il a dit par la suite, c'est secret-défense. Mais c'est peut-être bien une proposition d'emploi pour Pat. Et il se pourrait aussi qu'elle n'ait pas dit non (j'en dévoile un peu quand même, là ?).

Pour l'instant, ils n'ont pas proposé de m'engager comme enquêtrice, mais je pense que c'est juste une question de temps… J'ai reçu des badges, une petite médaille, des stylos… Et comme un succès n'arrive jamais seul, j'ai déjà deux nouvelles clientes. En fait, plus qu'une seule maintenant car le

mystère de la deuxième est déjà élucidé. Oui, c'est la classe. Bon, il faut dire que la deuxième cherchait ses lunettes qui étaient sur son nez, le job facile quoi (les gens de la maison de retraite, ils ont tendance à oublier de petites choses). Pour la première, il s'agit d'une disparition (une disparition de nain de jardin mais ce qui compte c'est la confiance que les gens de la maison de retraite m'accordent).

Que deviennent Nifle et ReNifle ? Merci de demander. Ils vont bien, ils sont à fond avec moi dans les enquêtes. Bon, là, ils dorment. Mais dès qu'ils entrouvriront un œil, je te garantis que ça va barder pour le voleur de nains de jardin !

Et pour les lecteurs assoiffés d'histoires, découvrez encore plus de romans

Mon chien, Dieu et les Pokétrucs

MYREN DUVAL ET CHARLES DUTERTRE

Pauline a 8 ans, elle a une chambre, un chien, un sacré caractère et des Pokétrucs, tout va bien. Elle est donc très contrariée d'apprendre que ses parents vont accueillir une famille syrienne avec deux enfants. L'aînée, Zein, a le même âge qu'elle mais les débuts de la cohabitation sont difficiles. Pauline n'a plus le choix, si elle veut être tranquille, elle va devoir trouver une solution à la guerre...

Mon chien, la liberté et les glaces à la mangue

MYREN DUVAL ET CHARLES DUTERTRE

Pauline a grandi. Un peu. Et pour ceux qui ne sont pas au courant, l'année dernière, ses parents ont accueilli Zein et sa famille parce qu'ils fuyaient la guerre en Syrie. C'était super. Enfin c'était super, c'était bien. Enfin c'était bien, c'était quand même pénible. Parce que Pauline a dû partager sa chambre et prêter ses jouets. Et son chien. Et ses copains. Et évidemment, quand elles ont commencé à s'amuser ensemble, Zein est partie vivre en Égypte. Trop nul. Bref, cette année Pauline va prendre l'avion et aller voir Zein. Et ça c'est véritablement vraiment super.

Bonaventure et compagnie
ALEX COUSSEAU ET CHARLES DUTERTRE
Bonaventure et Susie Édredon, Salvador Tricotin et Piotr Opalkalovitch sont tous voisins. Les premiers sont des musaraignes, le deuxième une grenouille et le dernier un joyeux lombric. Comme nous ils se posent des questions : partir ou rester ? Fêter son anniversaire au calme ou entouré de ses amis ? Comme nous ils s'extasient face à la magie de la nature ou se demandent quel vœu faire face à la lune.

Bonaventure et compagnie en concert sous les étoiles
ALEX COUSSEAU ET CHARLES DUTERTRE
Bonaventure, sa cousine Susie, Salvador, Piotr et Lalie la loutre sont toujours voisins. Sans le savoir, chacun de leur côté, ils ont préparé un petit quelque chose. Un petit quelque chose qui deviendra grand, un quelque chose qui ira parfaitement avec le quelque chose des autres. Sous les étoiles, au bord du lac, ils découvriront que la poésie qui sommeille en chacun d'eux peut se transformer en concert sous les étoiles.

Diego aime Julie
SOPHIE GRENAUD

Diego aime Julie. Il lui a dit juste après le petit déjeuner.
Depuis, il attend une réponse. Ses copains attendent une réponse. Les filles de sa classe attendent une réponse.
Tous les élèves de 6e attendent la réponse. LE COLLÈGE TOUT ENTIER ATTEND SA RÉPONSE !
Mais Julie, elle en pense quoi ?
Ben Julie, elle se demande juste une chose avant de répondre : c'est quoi l'amour, en fait ?

Elliot champion de surf
CÉCILE CHARTRE

Elliot est hyper malheureux. Demain, c'est les grandes vacances... et il ne verra plus la femme de sa vie, Lisa, de tout l'été. Désespoir total ! Heureusement, le programme est plein de promesses dépaysantes : piscine gonflable dans le jardin (idéale pour apprendre le surf), camping dans le jardin et même un nouvel ami, Léo, rencontré... dans le jardin !
Et si ces vacances avaient un sens caché, une leçon de vie, un message philosophique à lui délivrer ?
Rien d'étonnant car avec Elliot, l'extraordinaire est toujours en embuscade derrière l'ordinaire !

Merci pour la tendresse

MYREN DUVAL ET EMMA CONSTANT

Elle l'appelle Doudou, ma crevette, Minus, Louloute, baby, chaton, mon oiseau, mon castor. Elle lui répond «Tata». Elle s'occupe d'elle comme de sa fille mais c'est sa nièce. Elle lui raconte tout comme à une mère mais c'est sa tante. Toutes les deux, c'est un duo tout feu tout flamme. Il faut au moins ça car la plus petite, quand elle est chez elle, doit souvent se débrouiller toute seule et ne peut pas trop compter sur sa maman... Heureusement, pour s'échapper de son quotidien, il y a les rêves mais surtout il y a la tendresse.

C'est où qu'on va ?

CÉCILE CHARTRE

Manuel a neuf ans, plein de muscles pour son âge, un doudou rose et plus tard il sera footballeur. Manuel a aussi deux super copains : Marcus et Gabriel, une amoureuse qui est partie on ne sait où et le record absolu du monde des points de bêtise (346 !). Comme tous les autres enfants (au moins 100), il vit à l'orphelinat du Sapin bleu. Quand en pleine nuit, on vient le réveiller pour l'emmener, Manuel n'a qu'une question : « Mais c'est où qu'on va ??? »

Ouvrage réalisé par
Cédric Cailhol Infographiste.

Reproduit et achevé d'imprimer
par l'Imprimerie Labellery à Clamecy.
en **avril 2023**.

Dépôt légal : **mai 2023**
N° d'impression : **302200**
ISBN : 978-2-8126-2476-6

« Loi n°49-956 du 16 juillet 1949
sur les publications destinées à la jeunesse »

Imprimé en France